鄭《てい》烱明《けいめい》詩集
抵抗の詩学

鄭烱明［著］
Cheng Chiung-Ming
澤井律之［訳］
Sawai Noriyuki

集広舎

鄭烱明詩集　抵抗の詩学

鄭烱明　著

澤井律之　訳

装幀――毛利一枝
装画――黒田 潔

鄭烱明詩集　抵抗の詩学

目次

三　芋の歌（1981）

四　最後の恋歌（1986）

五　三重奏（２００８）

七　死の思考（2018）

八　未収録作品

鄭烔明詩集　抵抗の詩学

一　帰途（1971）

子守歌

ゆりかごゆらゆら
母はしずかに囁く
「ねんね　坊や
　お眠りなさい」

ぼくは疲れ果てていた
でも不安定で　悲惨なこの世界で
眠ってはいられない

ぼくは声に出して泣く
ゆりかごがゆれる
ゆりかごがゆれる
ぼくはさらに声に出して泣く

ゆりかごゆらゆら
母はしずかに囁く
「ねんね　坊や
お眠りなさい」

蚊

昨夜　おまえは塀の外から入ってきた
窓からは時間の銃口が
希望に満ちたおれの頭を狙っている

ただ狙っている
でもおれは苦痛になる
うずうずする
心を病んでいるのだろうか

今　おまえが飛んできた
白煙をたなびかせる小さなジェット機のように
おれの額の滑走路を
ブーンとよぎった

ああ　苦痛には名前がない
おまえのように
暗闇の中をただ飛行する……

アイロン

彼女の鍍金されたスリーサイズがすきだ
彼女は毎日美容体操にはげむ
彼女の頬が赤みを帯びる
こうして人の気をひく
一度だけ
彼女がひどく腹をたてた時
彼女は海水着をつけ波に乗り
真っ白なモーターボートのように
むっとして駆け去った
恋の水しぶきをあげながら

物乞い

おれは暗い路地を歩いていた
だれもおれを見ない

おれは明るい太陽の下でじっとしていた
だれもおれを見ない

おれは公園のベンチで寝ていた
だれもおれを見ない

おれはある店の前で死んでいた
野次馬が簇がった

ぼくは思考する鳥である

ぼくは思考する鳥である
灰色の天空に羽ばたく
静かだ　自由だ
夢の中にいるようだ
ちいさな嘴で人生の謎を啄む

これが特別な鳥だと誰が思うだろう
ほら　無知な人類が
精巧な武器でぼくを狙い撃つ

ぼくは墜ちていく
ゆっくりと墜ちていく
そして　ぼくの胸毛が

やさしくあわれんで
大地の背中を撫でるのだ

黄昏

太陽が沈む場所で
ぼくの敵が鋭い刀でぼくを刺した

ぼくは抗った
ぼくは呻いた
ぼくは生の重さを背負い
血の中に倒れた……

シャツ

ぼろぼろのシャツを着て徘徊する
予測不能な運命に従って

いつも脱いでは繕う
失業したときはそれを肩にかけ
気取ってみた

だが　個性を失った社会では
自慢できることなどあろうか

混み合った公衆便所に入って
黙ってむなしく小便をした

五月の匂い

今日のお粥はとても美味い
炊くときに涙をこぼしてしまったからか

今日の鞄はとても軽い
うっかり請求書を入れ忘れたからか

庭に干した弟の襁褓も
五月の匂いがする

ぼくだけが　孤独なぼくだけが
仕方なしに道化を演じている　哀しく

誤解

その大道芸人は全身に汗をかき
にぎわう広場で
かれの妙技を披露している

かれは静かに立ち
突如　風にひらめく羽毛のように
空中でとんぼをきり
それから落下して
両手を地面について
逆立ちし
びっくりしている人々を見ている

かれは別の角度から

この世界を理解しようとしている　ところが
かれの相棒は言った
かれは力試しをしているのです
地球を持ち上げることができるか

二　悲劇の想像（1976）

言葉よりも恐ろしい武器はない

その日　露店の本屋で
人が
倒れていた
ひどく苦しんでいる

ぼくは何事かと聞いた
かれは胸に手をあて
そばにある詩集を指さし
つらそうに言った
「なんでもない
爆発した言葉の破片に
やられた……」
それから息絶えた

絶食

ある神は批判してはいけない
ある物は食べてはいけないのと同じように

もしもうっかり批判したら
毒物を誤食したのと同じように
チューリップになって死んでしまうのだ
言いわけは許されない

中毒をふせぐには
みだりに食べるのをやめよう
みだりに食べないように
いっそ絶食しよう
絶食がいちばん安全だ

ぜったいにあたらない

けれども
絶食したら死んでしまい
チューリップになってしまうのだ

犬

ぼくはかしこい犬じゃない　わかってる
かしこい犬は吠えない
このようにまっ暗な夜に

飼い主はぼくに猿轡をかませた
口を開けて吠えないように
人々が夢から醒めないように
——彼の苦労はわかる

でもぼくは吠えずにいられない
冷静な犬として
たとえ声に出さなくても
吠える　たえず吠える

心の奥底で吠える
日暮れから夜明けまで

わかってる　ぼくはかしこい犬じゃない
かしこい犬は吠えない
このようなまっ暗な夜に

隠れた悲しみ

——ある分隊長の独り言

どれだけマントウを食ったろうか
どれだけ豆乳を啜ったろうか
「はっ」と「申しあげます」が
俺の口癖になった

俺には家族がいない
仲のよい同郷と友達がいるだけ
いつも休みのときには
俺たちの「楽園」に遊びにいく
胸のうちに鬱積した悩みを
精液といっしょに出してしまうのだ

俺の生活は規則正しい
いつなにをするのか決まりがある
俺の荷物はすくない
異国の旅人みたいに

俺は俺自身に誡める
過去のすべてを忘れろ
昨日に生きてはならない
けれどもなぜか　そうならない
いやな記憶が脳裏に
焼きついているのだろうか

たまに　夜中に
久しぶりに故郷に帰った夢を見る
両親の顔はもうぼんやりとしている

そして突然ホイッスルが鳴る……

俺はいつも思う　俺が戦死する日
それは一生で最高の栄誉だ
俺のために泣いてくれる人がいなくても
さまよう魂がやすらぎをえられなくてもかまわない
血の滴る胸が痛まなければ
憂いの源を絶つことができれば

そのとき　荘厳な忠烈廟に
人々に尊敬される名前がひとつ増える
空を飛ぶ鳥のように
永遠に自由を得るのだ

俺は今年四十五になった

今も二十代の若者と
鉄兜をかぶり　歩兵銃をもち
太陽の照りつける中で
――進め　伏せ　立て　休め
すこしも疲れない

なんのうらみもない
こんなすごい時代に生きている
毎日酒さえあれば
俺はご機嫌だ

悲劇の想像

屈原が身投げしたこと
ゴッホが気前よく自分の耳を切り落とし
娼婦に送ったこと
三島由紀夫が切腹したこと
彼らは何も明らかにしていない
何を否定しようとしたのだろう
私の夢の中によく出てくる
黒いチューリップ

蝉

真夏の炎暑のもとで
きみは倦まず弛まず歌い続ける
よく響く透きとおった声が
樹木の梢から庭の隅々に伝わる

きみはそうするしかない
自分の存在を証明するために
一生懸命に歌わなければならないのだ

このぼくが
魂のやすらぎを得るために
一生懸命に言葉を使うのと同じだ

ぼくたちはこの悲しい事実のために
抱きあい慰め合おう
きみが鳴けなくなる前に

理解

もしもきみが今ぼくのことを知ろうとしなければ
永遠にきみはぼくを知り得ない

明日ぼくはぼくたちの間にある
あらゆる交通の手段を
きれいさっぱり
記憶の国から取り除いてやる

きみはぼくの話す言葉がわからないし
ぼくの歌の内容もわからない
ぼくが泣いているわけも笑っているわけも
きみにはわからない

すべてが遠のき見知らぬものとなる
もしもきみが今ぼくのことを知ろうとしなければ
永遠にきみはぼくを知り得ない

祈り

こんなふうに祈る人はいない
かれは
とても寒い冬の朝
裸で
湿って腐りかけた床に跪き
ぶつぶつと呟く

ぼくは管理人に案内されかれのそばに来た
ぼくはしゃがんでかれにきいた
どこか具合がわるいのですか
かれは頭を垂れて
両手で胸を抱き
黙っている

ふと　ぼくには見えた
かれの顔と体の筋肉が
ひくひくしている
ぼくはどう話せばいいのか
それとも話すべきではないのか
暗い隅でふたりの人が跪いている
知らぬ者同士のように

狂人

ここには
時間ならある
きみはじっくり考えたらいい

ここには
冷たい壁がある
きみはそれにむかって
黙って懺悔したらいい

もしも不平不満があるならば
おもいっきり批判すればいい
大声で泣いてもいい
だれもきみを告発しはしないし

相手にもしない
すべてはいつもと同じだ
ああ　この待遇に
ぼくは満足しなければならない
もう心残りはない

演説者

聴衆がいなくても
拍手や花束がなくても
太陽に照りつけられ
大雨にさらされても
三〇六号室の病人は
バルコニーに立って
寂しい演説を始める

寂しいけれども
彼はますます力をこめ
ますます興奮し
激昂したときには
上から落っこちそう

食事の鐘が鳴る
彼はバルコニーに立って
手にマイクと
欠けたカップを持って
何もない野原に向かって
終わりのない演説を続ける

幻影

部屋の隅の不潔な排泄物を見つめても
気持ちわるくならない

窓の外の自由な空を眺めても
あこがれをもたない

愛したり愛されたりすることは
もはや大切なことではなくなった

両目をしっかりと閉じ
涙を見せずに心の孤独を潤す

隠れていた生の幻影が

怯えながら姿をあらわす

声

なんの音か
身を刺す寒風にのって伝わってくる

だれの声か
親しげにぼくの名前を読んでいる
一回　また一回

錆びついた夢の中に静かに入ってきて
天国に近づいていると告げる

ぼくは目覚め　震える
家に帰る道が見つからない

三　芋の歌（1981）

芋

ごっそりと
おれを温かな土の中から
根こそぎ引き抜き
自由にしてやったとのたまう

それから焼く
油で揚げる
日に干す
煮て
香しい粥にする

いちばん栄養のあるところを食べ
貧血気味の葉は豚に食わせる

こうしたことに
おれはがまんしてきた
ひそかに自分の運命を呪いながら
ああ　誰がおれを芋にした
誰もがすきな芋に

もうだめだ
今日からおれは
黙ってはいない
おれは立ち上がり
芋の立場で主張する
たとえおまえが耳を貸さなくても

おれは言う

広い野原に向かって叫ぶ
このようなことはやめてくれ
おれは無実だ
おれは無罪だ

帽子

嘘で編んだ帽子を
頭に載せて
そこかしこで自慢する

これ見よがしに
通りすがりの人に言う
ほら　友よ
これが私の帽子だ
きれいで丈夫な帽子
私を守ってくれる帽子

そう言ったとたんに
突風が吹き

私の帽子を吹き飛ばし
帽子が消えた

私の禿げ頭は
人混みのなかで
不安げに光ったんだ

放生

夢にも思わなかった
このような悲しい日が訪れるとは

コケコッコー　ご主人さま
すまないとか　うしろめたいとか
思わないでください
変化する世界のなかで
あなたを恨む人などいません

もしも私の存在が
あなたに悪運をもたらし
あなたを貧乏にするならば
ご主人さま

いっそうのこと私を放してください

夜が明けないうちに
どこかの野山に放ってください
遠ければ遠いほどいい
私を見て
あなたが悲しむことのないように

私は願ってもないこの自由を使って
昼も夜も
真剣に
自分の道を探そう
屠殺される前に

ホトトギスの巣の断想

その一

思考の部屋には
ソファーも椅子もベッドもない
文字を書くためのペンも紙もない
がらんどう

思考不能の魂が
歪によこたわり
そこで蒸留　発酵される
たまたま気分を害する匂いを発すると
理解のない人は
何かが腐っていると思い込む

その二

日が一日一日過ぎていく
命が一歩一歩終末へと向かう
まだ見ぬ美の存在が
今夜　きっと世界のどこかで
月下美人のように
咲き誇っているにちがいない

でなければ　私の鉛のような心が
突然軽くなるはずがない

ある人

ある人　私は彼のことを知らない
彼と話したこともないし
名前も知らない

一度だけ
町を歩いていて
ふと振り向くと
彼の灰色の影が見えた
驚いた小鳥のように
急いで身を潜めた

ところが
彼は私の手紙をすべて検閲している

彼は私の電話をすべて盗聴している
彼は私の家族をすべて調査している
私の日々の行動を
掌握している

私は彼から逃れられない
一生　思うに
地球上から私が消え去るまで

独裁者へ

おまえはおれの舌を切り
口がきけないようにし
永遠に批判できないようにすることができる

おまえはおれの眼をくりぬき
眼が見えないようにし
あらゆる腐敗を見えないようにすることができる

おまえはおれの両腕をくだき
ペンを握らせないようにし
誠と愛を書けないようにすることができる

おまえがおれを監禁し続け

おれの首を切り落としたとしても
おまえは勝利を得ることはできない

歴史の厳格な裁判のもとでは
おまえの怒りなど
寒気にあたったくしゃみにすぎない

晴れた空——詩人陳千武《ちんせんぶ》へ

密林を出て
あなたは眠らぬ眼で
この混乱した世界を
見つめ続けた

巨大で　陰気な
影がたちこめる中で
あなたは高らかに歌い
後退することはなかった

そうだ　詩の中にこそ
あなたの愛と死は存在した
しかしあなたは到達点に達したと

言わないでください
われわれは出発した
出発したところなのだから

どれだけの苦しみを
われわれは乗越えなければならないだろう
どれだけの傷みを
われわれは慰めなければならないだろう
媽祖廟の屋根の下にかくれ
雨宿りする人々よ
時が証明するだろう

われわれの空を
晴れた空を
永遠に曇らせることなど

誰にもできない

注　「密林」「眠らぬ眼」は陳千武の詩集のタイトル。

落とし穴

歩いていると
不意に　落ちた
贋の歴史の落とし穴
声を発することもできず
愛する家族に
別れを告げることもできず

何も見えない
暗い穴の中
ぼくたちは傷ついた馬のように
ただ横たわって待っている
救いの手が伸びてくるのを
しかし時間は痛む傷口から流れ

どこかで止まっているのか……

ぼくたちは徐々に
自分の存在を見失う
わずかに呼吸するだけで
夜鶯たちも歌うのをやめた
ああ　大地は静まり返る
死んだように

突然　落とし穴が崩れた
土くれが
ぼくたちの過ぎ去った青春を埋葬した

目撃者

ぼくは目撃者
ある悲劇の目撃者
醸成され　発生し　進行していく
悲劇の目撃者
鋭い眼光で
事実のすべてを目撃する

ほの暗い街角で
人が歎き　泣いている
こっそり泣いている
ぼくは目撃者
ぼくは生きて
行き場のない魚のように

辱められた魂の証人になる

ある男の観察――「混声合唱」その一

彼女と出会って
時が過ぎ
近ごろ
彼女のことがわかり始めた
彼女は愛を
難解な字句　贅沢品と解釈し
人々と共有しようとしない
彼女は輝かしい家系を自慢する
思わせぶりなさまをつくり
追随者を欺く
彼女は常に自信に満ちた態度で話す
周囲の環境がどんなに劣悪であろうと
人が彼女の意見に賛成しなくても

彼女は自分の地位の正当性を強調する
彼女が歩く姿から
彼女が未婚の母であるとは想像できない
彼女には不文律のタブーがたくさんある
もしもそれに触れたら
懲罰を免れない
彼女が腹を立てると
まるで暴君だ
僕は僕たちの曖昧な関係を清算しようとしたが
彼女は即座に拒否し
さらに怒って言った
「わたしというこの象徴を誰も壊すことはできない」
彼女には野心がある
しかし批判にたえず
願望の幻想に浸っている

残酷な現実を忘れ
人生の挫折をすべて人のせいにする
僕は彼女を傷つけたくないし
彼女の目を覚ますこともできない
彼女は僕が狂おしく愛した女であるけれども

ある女の告白——「混声合唱」その二

わたしはずっと感じている
わたしに対するするあなたの先入観を
長年一緒に暮らし
何度も危機を乗り越えた
わたしたちの間には目に見えない
大きな溝がある
わたしたちは幸せなふたりに見えるが
実は仲がよくない
あなたにはあなたの考えがあり
わたしにはわたしの計算がある

あなたはわたしを憎んでいる
わたしが忠告に従わないことを

わたしが独占的であることを
わたしがあなたに献身的でないことを
権威を利用しあなたを抑圧することを
わたしはあなたを押さえつけ
日の目を見せず
愛の潤いを十分に与えない
しかしそれは仕方のないこと
経験がわたしにそうさせる
冒険すると
失うものはもっと多い

あなたがどうわたしを見ようとかまわない
どうせあなたにとってわたしは
もはや純潔な偶像ではない
利己心　懐疑心　猜疑心がわたしを襲う

さらに旧い思想に束縛され
わたしは失ってしまった
完璧な女性になるために必要なものを
わたしはあなたに望まない
以前のようにわたしを愛することを
けれどもわたしの真心だけは信じてほしい
わたしを励ましてほしい
わたしたちが望む未来を創造できるように

暗闇の問答

ある夜夢を見た。厳しく問い詰める声で目が覚めた。嘘ではない。ぼくは暗い部屋の片隅で震えていた。犯罪人が裁判官の尋問を待つかのように。

名前は。

鄭烱明です。

詩を書くのか。

はい、書きます。

あなたは詩人か。

いいえ、詩人ではありません。

なぜ。

詩人としての責任を果たしていません。
詩人の責任とは。
詩人が生きている時代の真情を表現することです。
時代の真情を表現できたのか。
まだです、けれどもいろいろ努力しています。
差し障りはないのか。
あります。個人的、政治的、社会的にも……
有名になりたいのか。
詩によって人々の気持ちを慰めたいのです。
ふん、あなたの答えは誠実だ、でなければ……

声は消えた。残されたぼくは、どきどきし、立ったまま、長らく眠らずにいた。

四　最後の恋歌（1986）

許しておくれ

愛する人よ　許しておくれ
ぼくがペンを持つとき
きみのことを忘れていた
きみの姿
きみの声　きみの優しさ
きみのすべてを

ひたすら想っていた
望む未来のために闘う
幸せあるいは不幸せな人々のことを

かれらが向かうところに
ぼくのペンは向かった

かれらが喜べばぼくも喜び
かれらが傷めばぼくも傷む
ああ　ぼくの詩はかれらについて
膨大な時間の海に入り
航行して　試練を乗り越え
暴風雨にも耐えた

ぼくは思い通りにできない
愛する人よ　許しておくれ

選択

簡単に信じるな
見たことのすべてを
甘い嘘に騙されて
武器を捨てるな

ときに
ことはこう発展すると思ったが
結果は異なり
道理が通らない

憤るな
落胆するな
人生とはこんなもんだ

誰も予測できない
明日何が起きるか

自分だけを信じろ
血に染まった刃が
のど頸に迫り
歴史の仮面がまだ剥がれなくても……

死の招き

ぼくは死の足音を聞いた
不意に廊下の端から伝わってくる
違う　ぼくは死がドアをたたく音を聞いたんだ
まだ耳もとで響いている

窓の外には
冷たい月の光が跳ねている
木の影が揺れ
犬が遠くで吠えている

愛する人よ　怖くない
死神は　ぼくとダンスしたがっている
どこか遠くの地で

しばらく悩みごとを忘れよう
ぼくはひさしく休んでいない
今にも切れそうな　機械のバネのようだ
ぼくはまた帰る
もう一つの世界の祝福をたずさえて

もしも

もしも朝　目覚めて
誰かが拳銃を
こめかみに突きつけていても
慌てないで
悪ふざけだとみなそう
低俗な　笑えない悪ふざけ
決して想像してはならない
引き金がひかれることを
でなければ発狂してしまう

もしも朝　目覚めて
ぼくらの理想が
すべて潰えていたとしても

気を落とさないように
忘れるな
まだ思考できる
新たに計画をたて
織り上げる権利がある
無数のきらめく
人間の気高さに満ちた
自由の夢を
あなたの帝国にあっては
その夢は
何度も何度も
名も無き苦しみの深淵にあなたを陥れるだろうが

もしも朝　目覚めて
この世界にあなたとぼくだけが残ったら

互いに信頼し
悲観しないで
ぼくは自分の書いた詩を
ひとつひとつ朗読し
未来の子供たちに
聞かせてやろう
この世界では手に入れられない
真実の声を

耳を澄まして

誰かが呻く声
海の方から伝わってくるのか
いや　海の方からではない
山の方から伝わってくる　ほら

冬の夜　冷たい風が吹き止まず
人は戸惑う
あの胸に重く響く声が
どこから聞こえるのか

愛する人よ　何であれ
綿花で耳を塞がないように
跪き　耳を澄まして　静かに

胸を引き裂く声を聞こう

その声から
亡くなった肉親のことを思い出すかもしれない
その声から
懐かしい友人の姿がよみがえるかもしれない

旅

夢から出発し
探し求める
汚れのない愛を
それはつらい旅

むろん
挫折と恐怖を知らないきみには
永遠に理解できないだろうし
想像もできないだろう

夢から出発し
鉄条網をくぐり抜け
目的地に着いたとき

荒れ狂う砂漠にいるかもしれない
燃え盛る森林にいるかもしれない
逃げ場はない

そのとき　あらゆる希望は
不死鳥と化し
飛び立つ
故郷の空を目指し
そして二度と帰らない

どうしても

どうしてもきみに別れを告げたい
こんな寒い夜
窓の外では　北風が吹きすさび
落ち葉は狂ったように
暗黒の果てへと舞い散っていく

どうしてもきみに言い訳したくなる
どうしようもないときにはこう言って
ぼくは遠くへ出掛け
知らない国へ行き
よたよたと途方にくれているだろうと

どうしても耐えるのだ

悲しみの涙を流さぬように
ぼくの心にすむきみの姿を
どんどん大きくして
ひとりぼっちのぼくを丸呑みさせよう

それから遠くの友に伝えよう
黒い雲がなくなれば
空には　大小さまざまな星たちが
無言で思うがままに
その輝きを発するのだ

綱渡り

天空に逃げたぼくたちは
追放された軽業師
互いに寄りそい
揺れる縄の上で
残された愛と夢を育む

もう慣れた
虚無的な
高度の定まらぬ空間で
すべてのタブーをすて
熱く抱擁し　愛し合い　死ぬ
それから隕石のように
ひそかに墜落するのだ

墜落する
閉ざされた歴史の谷間に
そして綱渡りに疲れた人生を終えるが
狡猾な笑い声は
永遠に耳もとで響き続ける

最後の恋歌

もう一度だけ愛をおくれ
そうしたら未練なく死ねる
禿鷹のように自由に
目に見えない高い壁を越え
純粋な夢を描こう

ぼくの愛を拒まないで
わかってほしい
ぼくがどれだけ迷い
どれだけ眠れぬ夜をすごし
やっとの思いで求めているかということを

もう一度だけ愛をおくれ

ぼくはきみを精いっぱい抱きしめ
ぼくはきみの清らかな瞳の中に
どうしようもない自分を見出すだろう
しかし今　それは過去のものとなっていく

ぼくが去っても
あまり悲しまないでほしい
ぼくたちは
多くの涙を流したのだから
ぼくたちは
多くの誤解を受けたのだから

もう一度だけ愛をおくれ
ぼくたちの心の傷を癒し
暗い影を取り除くことはできないが

忘れないでほしい
この大切な時間を

大きな時間の流れの中で
すべての歓びと死に対して
審判が下される
そのとき　ぼくらの地は復活する
氷雪の下の芽が
顔を出し　きれいな空気を吸う
もう嘘やでたらめは許されない

ああ　もう一度だけ愛をおくれ
たとえ一瞬であろうと
ぼくは満足だ……

失踪

ある日　ぼくが失踪したら
ただじゃすまない

誰かが柵から
即刻　猛犬たちを放つ
吠え　匂いをかぎ
せわしなく速足で
懐中電灯が照らす林に向かい
ぼくの足跡を追う

誰かが玄関で叫んでいる
警戒は厳重だ
どうして失踪できるのだ

まさか……

ぼくは退屈していたので
からかってやったのだ
透明になる薬を飲んで
身を隠したのだ
ぼくの魂はおとなしく
ぼくの単調な部屋の番をしている
ぼくは失踪していない

地面に座り
ぼくはひそかに笑う
いつかやつらが
疲れてもどってきて
ぼくを見つけて

こっぴどく打つだろう
自分たちの愚かさによって

真相

一匹の犬が見た
ご主人がこっそりと
罪悪を埋めているのを
なにか大切なものに違いない
人を近づけないように番をした

ある日
迫害された無数の亡霊が
訴えにきた
犬は猛烈に
吠え続ける

逃げろ

問い

誰だ
籠の中の小鳥を
おどかして飛びまわらせたのは
翼を痛めている
長い間はばたいていない翼を

誰だ
塀の中の人々を
黙らせているのは
じっと待っている
自由に発言できる日を

ああ　誰だ

静かな
故郷の空を
目に見えない影で覆ったのは
今にも暴風が起きそうだ

最上階の窓辺に立ち
胸の痛みに耐えながら
にぎやかな街に向かって問い続ける
回答は
耳をつんざくクラクションと
一面に舞う土ぼこり

王船祭

航行の装備品を載せ
人々の祝福を載せ
灰色の悪夢を載せ
精緻に飾られた王船が霧の中を
ゆっくりと海に向かって出発した

空はまだうす暗く
世の人々は疲れて
まだ夢の中にいることだろう
この地では
線香を捧げ拝む
黒山の人だかり
鑼も敲かず声も上げず

人々は息を止め
何かを期待している
願いを叶えようとしている

きれいな旗が塩を含んだ海風に煽られ
月光の中で沐浴している
きらきら光る白いしぶきが
細長く　陰気な岸辺に
さみしく打ちつける

朝日が
水平線の彼方から昇る
時はきた
巨大な金箔紙の炎に囲まれ
王船は焼かれ始める

真っ赤に燃え盛る
巻き起こる火が
海の波を照らし
濡れた砂浜を照らし
厳粛な顔の
男　女　老人　子供を
そして明け始めた空を赤く染める

この瞬間に
燃えたのは王船ではなく
人々の心の中にある
冬眠していた
生の願望と悪夢
あらゆる憧憬

あるゆる愛憎
あらゆる歓びと悲しみ
それらすべてが灰と化し
風とともに消え去るのだ……

注　「焼王船」の祭は台湾の西南の沿海地方で行われる。台湾で最も有名かつ重要な廟会（廟に祀られた神のための祭）の一つである。「焼王船」はもともと厄払いのためであったが、今は平安と幸福を願う行事となっている。屏東県東港の東隆宮の「王船祭」が台湾では最も盛大で、三年に一度行われる。

童話——双子の姉妹の死を記念して

これは黒い童話である
不幸にしてきみたちは物語の主人公になった
どれほどの人が歎き悲しみ　泣きわめいたとしても
血塗られた傷口を縫うことはできない

恐怖と　青白い純真さで
きみたちは早くもこの醜い世界から去った
寄る辺なき二羽の白鳥となって
無限の大空に飛び立った

きみたちは　寂しいかい
もしもぼくの詩がきみたちと共にいられないなら
飛び続け　振りむかず

素直に夜の果てまで飛び去るがいい
ああ　その時
きみたちは愛らしさを取り戻すだろう
いや　たおやかな
愛と希望をもたらすふたりの女神となるだろう

注　双子の姉妹は、一九八〇年二月二八日殺害された林義雄氏のご令嬢の亮均と亭均を指す。

スローガン

どのスローガンもその背後には
堂々たる立派な理由がある
どのスローガンもその奥底には
鉄のような意志が現れている

大声でそれを叫ぶとき
あたかもそれが最後の機会で
それを拒否することができないかのよう

発声を練習するために
スローガンを唯一の護身符とみなし
一心に　叫び続ける
閉ざされた部屋で

開放された広場で
いったい世界のどこにいるのか
きみはついにわからなくなる

深い谷

いつからか
ぼくたちは無防備に歩み
谷間に
無数の死の影が埋まっている谷間に分け入ってしまったのに
気付きはしない

冷たい風が吹き来る
やせてひ弱なぼくたちは
人影のない道で
いつも震えている

たまに禿鷹が飛んでくる
低空を旋回し

何かを探し
何かを窺っている

ぼくたちの心の谷間にも
不死鳥がいる
翼を広げ　ぼくたちを縛ってきた足枷を
外そうと試みる

そこで互いに支え合い
冷えきった体を温め合う
命を大切にし　生き続けるのだ
背後で銃声が鳴り響き
この谷間の静けさが破られるまでは

五　三重奏（2008）

蝙蝠

暗闇でひとり生きることには慣れた
時には首を伸ばし
木の枝に逆さにぶら下がり
黴が生えそうな魂を干してみようか

きれいで自由な空気の中で
ぼくだけの考えで
特殊な音波を発しては
現実のものめごとを探ってもみる

突然の暴風に襲われ
貧相な体が巻き込まれる……
傷ついた羽を眺めながら　はっきり気付いた

ああ　自分はもともと別の世界にいたのだと

雲に

家をもたないと言わないでくれ
土の香りを知らないと言わないでくれ
さすらいがすきだと言わないでくれ
変化に富むその表情が
どんな意味を表すか言わないでくれ

ぼくは　木の葉に置いた　ちっぽけな露だ
もうすぐ太陽がぼくを蒸発させる
情け容赦なく蒸発させる
消えなければ　存在の意義はない
ぼくたちは太陽の子供だ
ぼくたちはいつも潰えぬ夢を追いかけている

葬送

葬送の列が
ゆっくりと進む

死者はいない
哀楽もない
弔う者もいない

偽りの神話
歴史の嘘
強欲な悪徳
全部　土に埋める

頑なな心だけが

朝日に照らされ
未知の運命に向かっていく

人がひしめくこの島で

人がひしめくこの島で
かつて祖国の夢をはぐくんだ
戦争が終わって間もなく破滅した
ある人は渡り鳥の移動に学び
故郷に帰ることをやめた

人がひしめくこの島で
独裁者の身体はすでに白骨と化したが
彼の追随者は今も崇め奉る
小さな廟から大きな広場に至るまで
ある人は我慢できず銅像の頭に小便した

人がひしめくこの島で

愛し愛されることは重要ではない
権力　嘘　詭弁がもてはやされる
人々は鉄の部屋の中で抱擁し愛しあう
清らかな風が明日吹いてこないかと夢見る

だれもが信じない
真理と正義は　統治者が
手の中でちらつかせる餌にすぎないと
だからある人は命をかける
人がひしめくこの島に大空を描き出そうと

異なる空

遙かロシアの大平原から
伝わってきた地震
ぐらぐらと揺れ
ながらく凍りついた大地を
引き裂く

今　オーウェルの予言を
信じる人はいないだろう
人民の頭に嵌められた箍《たが》は
もう伸びきったばね

午後　人々は広場に集まり
心をひとつにして垣根をつくる

かれらは疲弊した顔に
温かな朝日が差すのを待つ

フォルモサの空だけは
偽りの神話に覆われ
甘い嘘が
疫病のように流行する

閲兵

戦車の列
ミサイルの列
兵士の隊列
銃剣の排列
ザッーザッー
轟音をたて通り過ぎる
灰色の広場

天空を引き裂く戦闘機
爆音とともに
権力の前方を飛行する
彼らは何を誇示する

彼らは何を威圧する
バリケードと鉄条網に隔てられた
驚愕の眼差し
帰り道が見つからない

雪

雪がないと生きていけないのか
ある日
雪国で育った彼は
ふと　しみじみと
はるか遠くの雪が懐かしくなった

雪の純白さがすきなのではなく
現実の暗さがいやなのだろう

彼は漂泊の人生を想った
ひらひらと舞う
真っ白な雪のような

乱れ舞い
すぐに消え
土と化す

その夜
白髪頭の彼は
思い残すことなく息絶えた
とめどなく雪が舞飛ぶ夢の中で

父

父はぼくのことがわからない
爽やかな秋のある日の午後
ぼくは父親の顔の前で挨拶した
父はじっとしたまま
前方を見つめている

ぼくは大きな声で「お父さん」と叫んだ
父はやっとこちらに向かって
微笑んだ

ぼくたち家族はあれこれ話した
幼年の時代から第二次大戦の末期
父が乗った日本へ向かう船が魚雷に当ったことなど

父は黙って座ったまま
見覚えのないはるか昔の出来事を聞いているよう
父は戦争のことを忘れ去っていた
けれども死は父から決して離れることはなかった

付記　この詩は父が亡くなる二年前（一九九九）に書き上げた。父が脳を病んでいた五、六年間の、ある秋の日の午後、恒例で家族が集まったときのこと書いた。

三重奏

一　おれ

おれはおまえの一部分じゃない
おれは単純ではない

おれはかつておまえを抱いた
思い出したくもない歳月の中で

おれを恫喝しないでくれ
おれの体内にはおまえにはわからない人生がある

明日　おれはもうひとりのおれと
透明な海岸から出発する

二　おまえ

おまえはおれを窺っている
狼のような黒い眼で

静かな夜
おまえの黒い欲望が膨張する
大蛇のように
海のほうから這ってくる

おまえは言葉を利用して
面倒をいとわず
次々に構築する
虚構の世界を

ある人は幸いにも　もう探し当てた
出口を

三　かれ

海峡を隔て
かれは破壊兵器をおれに向けている
そして微笑んで言う　おれが守ってやると

かれの心臓の鼓動が
親しげに
おれのもろい鼓膜をたたく

おれの存在は

人に許容されない悪なのか
灰色の海の上
飛ぶ鴎の姿もない

名前

ぼくが死んだ日に
ぼくは
名前のない孤独な霊となる

ぼくにはわからない
なぜ自分の名前を持てないのか

ぼくにはわからない
なぜきみはぼくの存在を否定するのか

教えてくれ
ぼくはだれ
ぼくはだれなのだ

きみの否定は
虚妄な権力の幻影
永遠に何の裏付けもない

ぼくは独立している
ぼくは永久に独立している

ぼくは名前が欲しい
ぼくの存在を真に表す名前が

静かな夜には
母の呼ぶ声がはっきりと聞こえる

六　凝視（2015）

凝視——Michel Foucault

ぼくは言葉を凝視せずにはいられない
不確実な空間から
掘り起こした言葉を

ぼくは思考せずにはいられない
生まれてから死ぬまでの
言葉の独立と暗喩と変化を

窓の外では木の葉がいつのまにか散って
見知らぬ人が
無意識にそれを踏みつける

ぼくは凝視し続けずにはいられない

緑色に光る豹の目で凝視する
言葉が落葉の如く朽ちていくのならば

不朽の魂——文学者葉石濤《ようせきとう》に敬意をこめて

今年の冬は一層寒い
本当に　葉翁　あなたは去った①
私たちは三十数年来
互いに温めあってきたが
何度も急に体温が下がることがあった

激動の時代を歩み
漂泊と恐怖と屈辱の生活を過ごし
作り上げた創作の結晶
葉翁　あなたの文学は
絶対に浪費ではない②

あなたはこの世の中のあらゆる醜さを見た

惨いこと　ずるいこと　裏切り
つねに極限状態で生き③
死ぬまでたゆまず創作を続けた
あなたの自嘲　ブラックユーモアは心に染みた

「文学界」から「文学台湾」まで
私たちはあなたの啓発に感動した
台湾文学に対する想いと固い信念によって
私たちは突き動かされてきた
台湾文学がもっとも危うかったときに

真夜中に　あなたの全集を眺め
あなたと撮影したアルバムを広げていると
葉翁　私は心の中であなたを呼ぶ
何度も　静かに

それはこの大地の不朽の魂だ

①葉石濤先生は、二〇〇八年一二月一一日に逝去した。
②葉翁は、限りある生命を小説執筆にあてることを一種の浪費ではないかと疑っていた。『作家の条件』参照。
③李昂「紛争の年代——葉石濤訪問記」

声

洞窟に響く音
不意に
赤ん坊が泣くように
夢の中から響いてくる

洞窟に響く音
亡くなった友人が
音波によって
孤独な世界の想いを伝えているのか

ぼくは涙ぐんでベッドの端に座る
窓の外には月光が冴えわたり
眼前にはよく知った顔が次々に浮かぶ

夢の中の声が突然消えた

詩人の死

詩人の死は
世界を驚かすほどのものではない

詩人の死は
花が枯れるような
単純なことではない

詩人の死は
灯火が消えるような
空虚なことではない

詩人の死は
隕石が落ちるような

不測のことではない

詩人の死は
地雷が爆発するような
危険なことではない

詩人の死は
ただ
言葉のアンテナを遮断し
ゆっくりと詩の核爆発をゆるすことだ

自分に

その一

生活は苦しく
生命は美しい
ぼくは単純な言葉で
歪められたさみしい国を描く
生活は美しく
生命は苦しい
ぼくは真摯な言葉で
傷ついても服従しない心を慰める

その二

自分の言葉にはつねに警戒している
発想がありきたりにならないように
ありふれたことの中に真実を見いだし
真実の中に美の存在を見いだす

頑なな心で
困難を恐れず前進し続ける

魂の奥底に潜み光を発している
詩の尊厳と栄光を掘り起こすのだ

天空の幕

天空の幕がゆっくりと下りはじめる
世界は暗くなっていき
家に帰る男たちはみな
温かな夕食を思いえがく

今夜は何の酒を飲もうか
妻はきっと言うだろう
強い酒を飲んで酔っ払い
すてきな気分を壊さないで

天空の幕がゆっくりと下りはじめる
命の終わりではない
旅の始まりでもない

ああ　星が顔を出した

広いこの宇宙で
だれが自分の正確な位置を知り得ようか

考える時間
ひとりの時間
沈黙する言葉によって
ぼくたちをしっかり抱き合わせてくれ

七　死の思考（2018）

無題

若かったころは
青春を充実させるために
何を補うべきか考えた

富も
知も
充足することはないと思っていた

熱い体内に
餓えた狼の胃袋を
もっているかのように

今　膨れた身体は

何を捨てるか考えている
身軽であればあるほどよい

つねに捨て
つねに醒め
つねに空っぽにする

最後は一艘の小舟のように
ひっそりと
生の彼岸に漂着する

悩み

生きていくのに
悩みがなければいいだろうに
ところが　生涯修行を続ける師匠が
ぼくに告白した　今も
悩みを完全に取り除くすべがないと

たしかに　生まれてから死ぬまで
悩みはつる草のようにつきまとう
年齢ごとにことなる悩みがある
時代ごとにことなる悩みがある

悩みは生の影
悩みは生の息

悩みは生の肌
悩みは生の印
磨滅しない印

悩みのない人生は
空っぽのむくろのようなもの
ぼくは悩みを詩に変え
それは生が出す炎と化す
詩はぼくの生の暗号だ

隠喩

公園の芝に横になり
いつの間にか眠りに落ち夢をみた
蜻蛉が木の枝で休んでいる
透明な羽が光っている

実は　気になるのは
蜻蛉の羽だけではない
木々の　淡い緑の葉も
風に吹かれて音をたてる

その音は
大自然の囁き
その音は

恋人の呟き
彼らは何を話しているのだろう

青い空を眺める
何かがこちらを見ている
果てしない大空から
じっとこちらを伺っている

願いを叶えるために
日々がんばって生きている
ある青年が抗議のガス自殺を遂げたあと
政治家たちはさらに増長した

夜になっても
抗議する人々は去らない

鋭利な鉄条網が夜露を含み
冷ややかに前方を見つめている
親愛なる詩人よ
君の詩の隠喩をあててやろうか

恐れ

赤ん坊は
鋭い音を恐れる
母親の腕の中から離れるのを恐れる
幼稚園児は
暗闇を恐れる

十六歳の少女は
明日の学校のテストを恐れる
新たにできた顔のにきびを恐れる

さみしがり屋の女性は
失った愛が戻らないことを恐れる
既婚の男性は

突然のリストラを恐れる

認知症の老人は
記憶を失ったことを恐れ
病院から出られないことを恐れる

シリア・地中海の難民は
戦争を恐れ
飢餓を恐れ
死を恐れる

地球環境に関心をもつ人々は
オゾン層の破壊が進むのを恐れ
予測できない温暖化を恐れる

ぼくは　白衣を脱いだ医者であるぼくは
もうすぐ
喉を切られ
歌をうたえない鳥となるのを恐れる

世界が静まり返る

おれの頭はおれのもの

おれの頭はおれのもの
お前の頭はお前のもの
かれの頭はかれのもの

おれの頭はお前のものだって
お前の頭はおれのものだって
かれの頭はかれのものだって

お前にはお前の考えがあり
おれにはおれの思いがある
ミサイルを拳骨みたいに振り回わさないでくれ
ミサイルは高く遠く飛んでも

いずれ落ちる
早漏男のはかない夢のように

専制政治の快感を満たすために
神聖で分かつことができない一部分のために
民族主義の旗を掲げて叫ぶ

誰かが空を占有する
誰かが餌を仕掛け
獲物が罠にはまるのを待っている

それからかれの首を絞め
かれの記憶を盗み取り
罪を認めさせ　許しを乞わせ　自白書を書かせる

足のないゴキブリに
騒がせるな
閉ざされた狭い部屋で

おれの頭は勿論おれのものだ
おれの存在に証明はいらない
おれの罪状に審判はいらない

沈黙

長崎の外海《そとめ》にある夕陽ヶ丘で
広い海をじっと眺める

八月の太陽は眩しい
私は文学館のバルコニーにいる
沈黙の碑の詩句が耳に響いた
「人間がこんなに哀しいのに
主よ　海があまりに碧いのです」

十七世紀に
この地の住民が信仰のために
精神と肉体を苛まれ　迫害された
それは私たちの想像を絶するものだ

沈黙が一種の反抗であるならば
神聖と背徳と
信仰と反逆と
絶望と寛容との間において
命の意味とは何なのか

『沈黙』の舞台に立って
青いステンドグラスに射す光に照らされ
私は聞いた
遠藤周作の魂が静かに訴えるのを

付記　1　二〇一四年八月二七日、彭瑞金、邱若山等と長崎市遠藤周作文学館を訪問した。
2　『沈黙』は遠藤周作の代表作。

死の印

古代の帝王の陵墓に憬れなくてもいい
独裁者の大きな銅像を羨まなくてもいい
ミイラの不死を信じなくてもいい
一個の肉体が朽ち始めたときに

あらゆる生の記憶は
忘れたいものも忘れたくないものも
煌めく花火のように
時間の流れの中で消え失せていく

小津安二郎の墓碑には
「無」の一字が刻まれているだけだ
墓碑もないトルストイ永眠の地には

名も無い赤や白の花が咲き誇っている

海に蒔かれた遺骨はどこに向かうのだろう
この世界の死の印を見て
ある人は讃え　ある人は驚き
ある人は傷つき　ある人は望みをなくす

私の死の印は
薄っぺらな数冊の詩集
目につかない片隅に置かれ
埃にまみれるだけ

死の余聞

死は一匹の猫である
死は一輪の花である
死は一首の歌である
死は一陣の風である
死は一羽の鳥である
死は一面の壁である
死は一場の劇である

死は一粒の露の滴
死は一群の濃い霧
死は一閃の稲光
死は一間の密室
死は一条の幻影

死は一片の悪夢
死は一個の謎

ぼくは
今
ひとり
ゆっくりと
謎解きの
彼岸に向かって
航行している

死の背中

物心がついてから
ぼくはきみに興味をもった
いくらがんばっても
きみの背中が見えるだけ
そのぼんやりした背中

ある日の午後
ぼくはきみのあとをつけ
森を抜け　山を越えると
ふと　歩みを速め
きみを追い越し
きみの顔を見てやろうと思った

すると　きみは底なしの淵に飛びこんだ
ぼくは叫んだ
全身に冷や汗をかき
夢から醒めると
きみがぼくのあとをつけていた

ぼくがきみのあとをつけているのか
きみがぼくのあとをつけているのか

きみの顔を見ることはできないが
ぼくは生きる意欲をなくさない
きみの背中を見るだけで
ぼくは生きていることを実感できる

死の列車

「すみません、この列車は満員です。次の列車にご乗車ください」

時間の軌道に沿って
いくつも山と川を越え
何年も何年も走り続け
常に前に向かって進む列車

きみが願おうと願うまいと
この世に生まれた瞬間から
きみはすでに乗せられている
拒むことはできない

窓外の風景は懐かしく

次々に後退する樹木が
ぼんやりした記憶を呼び起こし
これまでの人生の足跡をたどらせる

青春の浪漫を載せ
友情　愛情　知恵　病苦を載せ
夢　歓び　憂い
それに別れの哀しみを載せ

見知らぬ人が乗っている
目を閉じ考えこむ人
乗車する人　下車する人
すべてはいつも通りで　泣く人はいない
ああ　この悲しみを満載した死の列車は

ひたすら前に向かって疾走する……

八　未収録作品

台湾　ぼくの母親

かつて人に騙され
あなたの顔を知らなかった
あなたの身体に触れることもなく
ぼくは寄る辺ない孤児のようだった

人はあなたを馬鹿にして　あなたに言った
鳥も鳴かず花も香らない島に生きている
魅力に乏しい女だと
あなたは黙って孤独と屈辱に耐えた

太平洋の大海原に生き
度重なる天変地異にも
気落ちしたり　あきらめたりせず

母親としての優しさと強さを示した

海峡対岸の脅しにも屈服せず
あなたは自分の路を歩んだ
目の前に暗雲がたちこめても
明日は晴れると信じた

静まり返った夜更けに
ぼくはそっと呼びかける
ああ　台湾　ぼくの母親
あなたを抱きしめさせて

ぼくは真心をこめた詩であなたを讃える
あなたの毅然と独り立つ姿を讃える
ぼくたちは胸をはろう

ぼくたちは誇りと歓びをもって生きよう

終着駅

生きることは辛いものだが
楽しいときもあるし
哀しいときもある
生活はせわしいものだが
思い出したり
忘れたりする

窓からふと　ここちよい
風鈴の音が聞こえる
何かの歌か
それとも伝言か
わからない
明日どこに行くのか

ひとりぼっちで歩いている
たまに人の叫び声が聞こえる
振り向くな　前をむいて歩け
道端の草花が微笑み
お辞儀をして言う
終着駅は遠くないですよ

うん　終着駅は遠くないね
今宵　夢の中で
家路が見つからないことのないように

きみのことを想うとき

昔　きみのことを想ったとき
いつも一人ぼっちでうずくまり
小さな声でくりかえし
きみの名前を呼んだ

今　きみのことを想うとき
冷えた穴蔵に横たわって
夜鶯の鳴き声に託しているような
きみの返事はいらないと

将来　きみのことを想うとき
きみはぼくの名前を覚えていないだろう
それでいい

ぼくの存在は余計な詩句の一行にすぎない

沈黙した言葉が
真夜中の密林に生息し
足跡のない小道に沿って
燐光を閃かせる

昔の喜びと悲しみは
徐々に腐蝕し記憶はまだらになる
いつかぼくたちは再び出会うかもしれない
知られざる時間のトンネルの中で

ぼくの想いは単純なものだ

ぼくの想いは単純なものだ
母親が赤ん坊に乳を与えるように
条件はいらない

ぼくの存在は単純なものだ
川の中を泳ぐ魚のように
偽装はいらない

ぼくの悲しみは単純なものだ
わけもなくふられた初恋のように
憐憫はいらない

ぼくの言葉はもっと単純なものだ

知らない世界に
大切な便りを伝えるだけ

どうかぼくが孤独なときに
邪魔されることなく
詩を朗読させてくれますように

注　四〇年あまり前、田村隆一（一九二三〜一九九八）の「ぼくの苦しみは単純なものだ」の一文を目にした。最近再読して思うところがあり、この詩を書いた。

身体検査

ぼくに帽子を取れという
ぼくは従う

ぼくに眼鏡を取れという
ぼくは従う

ぼくに服を脱げという
ぼくは従う

ぼくに羞恥心を捨てろという
ぼくは従う

ぼくの名前を消すという

ぼくは拒否する
ぼくの臓器を摘出するという
ぼくは反抗する
何度でも　詩をもって反抗する
たとえ行方知れずになろうとも

あとがき

私の詩への出発点と道のり

鄭烱明

一九六〇年代、高雄中学在学時代の私は、いわゆる文学青年で、文芸雑誌を愛読し、未熟ながら文章を書いていた。六六年に医学生となり、台中にある大学に入学し、詩誌『笠』に投稿しはじめた。そこで台湾中部に住む『笠』の同人と知り合い、本格的に詩の世界に足を踏み入れた。それが私の詩の出発点だ。

『笠』同人の会合に再々招かれ、そこで詩壇の先輩（陳千武・林亨泰・錦連・詹冰等）から、中国語、日本語の両方で、詩に関する知識を吸収するとともに、学業の余暇にはよい作品を書こうと願い、詩作に打ちこんだ。一九六八年に正式に『笠』の同人となった。私は、『笠』の素朴で地に足の着いた作風を好んだ。当時流行っていた、わざとらしく、おもわせぶりなシュールレアリスムの詩は嫌いだった。

創作の新たな方向を模索していたときに、陳千武訳の『日本現代詩選』（一九六九）にヒントを得た。そのほかに、彼が『笠』で紹介した村野四郎の『体操詩集』に興味をもち、啓発された。私は、詩とは何か、いかに表現すべきかをふと了解したような気がした。私は六首の詩を続けさまに書いて、陳千武先生に見てもらい、好評を得た。先生は、これらの作品には新しい抒情がある、一九二五年にドイツで起きた「新即物主義」の味わいがあると評してくださった。「二十詩抄」と題して、『笠』二十三期（一九六八年二月）に発表した。同刊には「新即物主義」の紹介と陳明台の読後感も掲載された。

これが大きな励みとなり、詩作の道を歩み続けることになった。私は現代詩と詩の理論を渉猟した。西洋の古典的作品は言うまでもなく、萩原朔太郎の『詩の原理』、村野四郎の『現代詩を求めて』（陳千武訳）、西脇順三郎の『詩学』（杜国清訳）なども読んでいった。その外に、陳千武・錦連・羅浪・葉笛等が『笠』に『荒地』の詩人の詩と詩論を紹介し、そこで田村隆一・鮎川信夫・黒田三郎等の代表作に親しんだ。とくに『田村隆一詩文集』（陳千武訳、一九七四）は印象深い。

一九七一年から八六年の間に、私は『帰途』・『悲劇の想像』・『芋の歌』・『最後の恋歌』の四冊の詩集を刊行した。八二年に葉石濤等の台湾南部の作家とともに文芸誌『文学界』を創刊し、全霊を打ちこんだため、創作は減少した。しかし、私は悔いてはいない。私には大切な役割があったからである。九年後、九〇年代の台湾文学に新たな視座を提供するため、『文学界』の作家たちは、学術界と連携し、再出発することとなった。

私は『文学台湾』の創刊の辞として次のように記した。

四十数年来の神話はもはや人民を騙すことはできない。絶対的権威による統治体制はすでに崩壊し、でたらめな体制は解体しつつある。希望の広がりとともに危機も迫る今、全ての台湾作家は、眼前の事実を見つめ、台湾人民の文学を創造するためにともに励もう。

二〇〇五年以降、私は創作を再開し、『三重奏』・『凝視』・『死の思考』・『存在と凝視』等の詩集を刊行した。五十数年もの長い時間が過ぎたが、幸いにも、私は今も生命への情熱と現実に対する鋭敏さを失ってはいない。私は神の恩恵に感謝したい。本詩集に収録した作品は、単に私個人の人生の重要な証しでなく、台湾の半世紀にわたる民主化の不幸な歴史と不滅の魂の断面の記録でもある。

私は「詩の思考について」の中で、「詩の共鳴は言葉の共鳴であり、意味の共鳴でもある。愛と死、生命の悲哀と現実との闘いは、永遠に創作の源泉である。平凡な、ごく普通の日常を、如何にして詩の源泉としてたかめるかが、詩人の最大の試練と言えよう。詩人の詩的思考の深さが、作品の価値を決める」と述べたことがある。

この先行き不安な時代に、創作を続け、しっかりと生きていることは幸運であり、今後も励んでいきたい。文学への一途な情熱を抱き、勇気をもって、生命の存在意義を真剣に考えていきたい。

最後に、本詩集を翻訳してくれた澤井律之教授に感謝申し上げたい。集広舎にも感謝申し上げたい。本詩集が、久留米（昔、私の父が学んだ九州医専は、現久留米大学）から程近い福岡で出版されるのも何かの縁かもしれない。

二〇二〇年一〇月　高雄にて

鄭炯明

Cheng Chiung-Ming

年譜

一九四八年
八月六日、高雄市鼓山区に生まれる。父は鄭栄洲、台南県佳里鎮の人。母は鄭張時、台南市の人。祖父は鄭定、祖母は鄭李盞。

一九五四年　6歳
九月、高雄市鹽埕示範小学校入学。

一九六〇年　12歳
省立高雄中学中等部入学。週記の作文が優れ、楊召憩翻訳の呉濁流『孤帆』(『アジアの孤児』)を贈られる。

一九六三年　15歳
成績優良のため、推薦で高雄中学高等部に進む。一年次に、学芸部長に任命され、許文源教諭の指導のもとで、油印の『芸漪』を同窓と編集し、三期まで出す。

一九六四年　16歳
詩や随筆を書き始め、新聞・雑誌に投稿し始める。

一九六六年　18歳
詩誌『笠』に投稿する。私立中山医専(現中山医学大学)医学部に入学。

一九六七年　19歳
一月、「鄭烱明作品研究」座談会が開催され、座談会記録が『笠』一七期に掲載される。陳千武、林亨泰、錦連、張彦勲、喬林を知り、さらに詹冰、羅浪、趙天儀、李魁賢、白萩、陳明台等『笠』の同人を知る。

一九六八年　20歳
「二十詩抄」の内六首が『笠』二三期に掲載される。

一九六九年　21歳
学園誌『杏園』を主宰する。李敏勇を知る。中国新詩学会から優秀青年詩人賞を受賞。

一九七〇年　22歳
七月、台南陸軍八〇四総医院で研修医となる。

一九七一年　23歳
五月、第一詩集『帰途』(笠詩社)を出版する。
七月、大学卒業後、海軍陸戦隊で兵役につき、砲兵営医官を務める。

一九七二年　24歳
国家試験に合格し、正式に医師の資格を得る。
七月、退役し、年末に高雄市立医院内科の専属医師となる。

一九七五年　27歳
二月二三日、楊明芬と結婚する。
一九七六年　28歳
三月、『悲劇の想像』（笠詩社）を出版する。
六月二六日、長子秉泓生まれる。
一九七八年　30歳
一〇月、『台湾文芸』革新七期に「帽子」を発表し、呉濁流文学賞佳作賞を受賞。
一九七九年　31歳
一月二三日、次子嘉泓生まれる。
三月、主任医師に昇格する。
一一月、「鼓」を『台湾文芸』革新一一に発表し、呉濁流文学賞佳作賞を受賞。
一九八〇年　32歳
七月、市立医院を辞め、鳳山市漢泰中路で開業する。
一九八一年　33歳
三月、『芋の歌』（春暉出版社）を出版する。
一九八二年　34歳
葉石濤等台湾南部在住の友人等と『文学界』を創刊し、五集より発行人を務める。第一集で特集「鄭烱明の詩世界を分析する」が編まれる。六月、『芋の歌』で笠詩賞を受賞。
一九八三年　35歳
「耳を澄まして」で呉濁流文学賞正賞を受賞。
一九八六年　38歳
三月、『最後の恋歌』（笠詩社）を出版する。
一九八七年　39歳
七月、アメリカの台湾文学研究会に招かれ、カナダのアルバータ大学でシンポジウムに参加する。アメリカ東海岸、西海岸の台湾同郷会のサマースクールで講演する。
一九八九年　42歳
三月、上海復旦大学で開催された「第4回海外華文文学会議」に参加する。
一二月、『台湾精神の興起―笠詩論選集』（文学界雑誌社）を編纂し出版する。
一九九一年　43歳
一二月、作家、研究者と『文学台湾』を創刊し、発行人を務める。
一九九二年　44歳

九月、李魁賢、趙天儀、李敏勇、陳明台と『混声合唱—笠詩選』（文学台湾雑誌社）を編纂し出版する。

一九九六年　48歳

七月、アメリカの台湾文学研究会に招かれ、台湾同郷会の東海岸サマースクールで講演する。

一〇月、財団法人文学台湾基金会を創設し、理事長に選出される。

一九九七年　49歳

文学台湾基金会・民衆日報共催で「台湾文学」百万元奨金長編小説賞を設立する。

一一月、中山医学院の傑出校友賞を受賞。

一九九八年　50歳

一二月、高雄県鳳邑文学賞を受賞。

一九九九年　51歳

一二月、台南県南瀛文学賞を受賞。『鄭烱明詩選』（台南県立文化中心）を出版する。

怡友会在日台湾同郷会に招かれ、「紅木屐合唱団」を率いて訪日し、筑波、東京で公演する。

二〇〇一年　53歳

八月一四日、父鄭栄洲逝去、享年七九歳（1922-2001）。

笠詩社社長を務める（2001-2005）。

九月、ロサンジェルス台湾人聯合基金界とヒューストン台湾伝統基金会に招かれ訪米し講演する。

診療所を閉じ、翁俊六聯合診療所に勤務する。

『文学台湾』が四年連続で文建会の優良文学雑誌賞を受賞。

二〇〇二年　54歳

台湾ペンクラブより台湾詩人団としてインドに派遣され、「第七回国際詩歌節」に参加する。

二〇〇三年　55歳

一二月、曾貴海、江自得と詩集『三稜鏡』（春暉出版社）を出版する。

二〇〇五年　57歳

三月、「2005高雄世界詩歌節」を開催し、一七カ国の詩人約一〇〇人が参加し、ノーベル文学賞受賞者デレック・ウォルコットも出席する。

詩人訪問団とモンゴルを訪問し、「台湾モンゴル詩歌節」に参加し、名誉文学博士の称号を受ける。

五月、台湾ペンクラブ理事長に就任する（2005-

2008)。
八月、『世紀を越えた声―笠詩選』(春暉出版社)を編集し、出版する。
二〇〇六年　58歳
一一月、高雄市文芸賞を受賞。
一二月、在日台湾同郷会に招かれ、「紅木屐合唱団」を率いて訪日し、東京で台湾歌謡歌唱会を挙行する。
二〇〇七年　59歳
モンゴルのウランバートルで塔赫訳『鄭烱明詩選』が出版される。
一〇月、「2007台湾モンゴル詩歌節」を開催する。
二〇〇八年　60歳
六月、『三重奏』(春暉出版社)を出版する。
二〇〇九年　61歳
七月、国立台湾文学館が『鄭烱明集』を出版する。
一〇月、『芋の歌』(春暉出版社)が再版される。
二〇一〇年　62歳
二月、韓国ソウルで金尚浩訳『三重奏―鄭烱明詩選』が出版される。
二〇一四年　66歳
二月、陳武雄作曲・鄭烱明作詞『永遠の愛―台語歌謡創作曲集』(春暉出版社)を出版する。
五月、高雄市立文化中心至善庁で「永遠の愛」音楽会を開催する。
七月、翁俊六聯合診療所を退職する。
二〇一五年　67歳
四月二一日、母鄭張時逝去、享年八九歳(1926-2015)。
五月、財団法人鍾理和文教基金会理事長、財団法人台湾文学発展基金会理事に就任。
六月、『凝視』(春暉出版社)を出版する。
七月、『笠の風華』(笠詩社)を編集、同時に国立台湾文学館で笠詩社創立五十周年展を企画する。
二〇一七年　69歳
四月、『文学の輝き―『文学界』から『文学台湾』』を編集する。
四月二三日、高雄市寒軒国際大飯店で「『文学台湾』創刊25周年及び文学台湾基金会創立20周年記念会」を開催する。
六月三、四日、台中静宜大学で「『文学台湾』と台湾本土化運動国際学術検討会」開催する。
二〇一八年　70歳
四月、『死の思考』を春暉出版社から出版する。
一二月、文学台湾基金会が団体として初めて高雄文学賞を受賞。
二〇一九年　71歳
四月、『存在と凝視―鄭烱明詩選』(春暉出版社)を出版する。
九月、ドイツでThilo Diefenbach(蒋永学)訳『白色的思念―鄭烱名詩選』が出版される。
二〇二〇年　72歳
四月、『存在と凝視』が第26回巫永福文学賞を受賞。

解説

澤井律之

鄭烱明氏は、一九四八年、台湾高雄市に生まれた。代々医師の家系で、鄭氏も医学を修めた。一方で、中高校時代、大学時代、大学卒業後医師となってからも、生涯にわたって文学に携わってきた。二〇一四年、医師を辞めてからは、もっぱら詩作と文学活動に打ち込み、今に至っている。

鄭氏と文学との出会いは中学時代に遡る。高雄中学在学中に書いた作文が表彰され、副賞として呉濁流の長編小説『アジアの孤児』の中国語訳『孤帆』を贈られ、この作品に深く感銘を受けたという。父親にも読むようにすすめたとも述べている[(1)]。半世紀にわたって日本の植民地であった台湾、その地に生きた台湾人の苦悩を描いた台湾文学の古典的名作である『アジアの孤児』に、氏が十代前半に出会ったことは非常に重要である。氏は十代ではやくも台湾の複雑な歴史と命運に思いを馳せていたのである。

高校時代には世界の文学を渉猟し、詩作を始め、雑誌や新聞に投稿し始める。一九六六年、詩誌『笠』に投稿した詩が注目され、さらに翌年『笠』誌上に「鄭烱明作品研究」座談会記録が掲載された。氏はこの座談会で陳千武氏と出会う。陳氏は二二年生まれで、日本統治下の台湾で三〇年代末から日本語による詩を発表していた。[2] 戦後、中国語を修得し、中国語で詩や小説を創作。いわゆる「言語を跨いだ」世代の作家である。鄭氏は陳氏に見出され、鄭氏も以来陳氏を師と仰いだ。鄭氏は、陳氏のみならず、日本時代に日本語で詩を創作していた他の詩人たちとも懇意になる。鄭氏が詩作を開始した当時、代表的な詩誌『現代詩』などが、モダニズムを唱え、シュールレアリズムの技法を導入していたが、これに対して、陳氏等は『笠』を基盤として台湾の地に根差した詩の創作に取り組んだ。前者は中国現代詩の刷新を追求し、後者はそれを否定するものではないが、台湾の歴史や現実を追求することに重きを置いた。鄭氏は、十代から、後者の流れに身を投じた。氏は、詩作を始めた当初から、台湾の現実社会に関わり続けてきた。氏を論ずる際に、この点をまず指摘しておかなければならない。

高校卒業後は中山医専（現中山医学大学）に進み、一九七二年に高雄市立医院で内科医師として勤務する。八〇年に医院を辞職し、鳳山市で開業。

この間、詩作を続け、これまでに以下の詩集を刊行している。

1　『帰途』　一九七一　笠詩社
2　『悲劇の想像（悲劇的想像）』　一九七六　笠詩刊社
3　『芋の歌（蕃薯之歌）』　一九八一　春暉出版社
4　『最後の恋歌（最後的恋歌）』　一九八六　笠詩刊社
5　『三重奏』　二〇〇八　春暉出版社
6　『凝視』　二〇一五　春暉出版社

7 『死の思考（死亡的思考）』 二〇一八 春暉出版社
8 『存在と凝視（存在与凝視）』 二〇一九 春暉出版社

第一詩集『帰途』巻頭の「子守歌」は、本書でも巻頭を飾る。ここに詩人鄭烱明は宣言する。

ぼくは疲れ果てていた
でも不安定で 悲惨なこの世界で
眠ってはいられない

社会と社会の矛盾を見つめることは、鄭烱明の詩の原点である。「物乞い」は、社会の不平等を真摯に受け止め、一方、若い女性の腹立ち比喩する「アイロン」のユーモアや失業青年や貧しい勤労青年を描く「シャツ」「五月の匂い」のアイロニーには、詩人特有の感性が閃く。また「大道芸人」をモチーフにした作品「誤解」では、芸人が「逆立ち」したとき「かれは力試しをしているのです」「地球を持ち上げることができるか」と、その「相棒」に解釈させる。ここで詩人は徹底して対象を客観化している。こうした初期の詩篇の中に、詩人鄭烱明の正義感、知性、理知的な思考がうかがえる。

第二詩集『悲劇の想像』において、詩人の正義感はますます先鋭化し、「冷静な犬」として「まっ暗な夜」に「吠える」（「犬」）。同時に詩人は「心の孤独」（「幻影」）を見つめ、声なき人々の心の「声」（「声」）にじっと耳を傾ける。

第三詩集『芋の歌』では高らかに反抗の声をあげる。

今日からおれは
黙ってはいない
おれは立ち上がり
芋の立場で主張する（「芋の歌」）

さらに、一九八〇年に発表した「ある人」においては、明確に、台湾社会に限無く潜むスパイを告発している。同じく八〇年の「独裁者」は、国民党の独裁政治に真っ向から反発する。これらの詩は、七九年一二月に民主化運動が国民党政府に弾圧され、多くの活動家が政治犯として逮捕され、重罪に処せられた美麗島事件（高雄事件とも称される[3]）への抗議である。

翌年の八一年の「ある男の観察」「ある女の告白」は、ある男女の心のすれ違いを書いているが、実は「台湾人」と「中国人」の葛藤のメタファーだろう。美麗島事件を境に台湾を中国から切り離し、台湾を中心に民主的な統治を目指す「本土化」が進展していくが、鄭氏の詩作もこうした政治運動と明らかに連携している。

第四詩集『最後の恋歌』は、民主化運動に関与した作品を多く収めている。「望む未来のために闘う」「幸せあるいは不幸せな人々」（「許しておくれ」）に詩人は想像力をめぐらせる。「最後の恋歌」や「深い谷」といった作品は、弾圧され、投獄された人々へのレクイエムといった色調を帯びている。美麗島事件の被告である林義雄は、一九八〇年二月二八日に、何者かによって自宅を襲われるが、「童話」は無惨に殺害された双子の息女のことを弔っている。八〇年代初頭の恐怖政治の渦中において、絶望の淵に臨みながら、詩人はなおも歌い続けたのである。

一九八六年の『最後の恋歌』の後、第五詩集『三重奏』が刊行されたのは二〇〇八年である。この間、二二年のブランクがある。詩作が中断されたわけではないが、作品数は減少。

その一方で、鄭氏は、一九八二年に高雄で高雄の文学仲間と雑誌『文学界』を創刊し、発行人となり、編集の中心的役割も担った。『文学界』停刊後、九一年に新たに『文学台湾』を創刊。同誌は今も継続して刊行されている。

一九六四年に呉濁流が『台湾文芸』を創刊し、これに呼応して陳千武等詩人たちが詩誌『笠』を創刊した。彼らは戦前から続く台湾文学の潮流を継承し、その確立を目指したのである。七〇年代になって、呉濁流に続き、鍾肇政、葉石濤、陳千武等が台湾の文壇で活躍し始める。それまで台湾の文学は台湾文学ではなく中国文学の一部とみなされていたが、鍾肇政らの存在と影響力が増大する中で、台湾文学が徐々に定着してゆく。しかし、七九年の美麗島事件以後、民主化運動が挫折し、国民党の独裁下では、まだまだ茨の道を行くものであった。その八〇年代初頭、鄭氏は、台湾文学の流れを継承し、それを発展させるために『文学界』を創刊したのである。『文学界』は台湾文学作品の発表の場を提供すると同時に、台湾文学の資料の発掘にも尽力し、葉石濤がついに同誌に「台湾文学史綱」を連載し、戒厳令解除の八七年に『台湾文学史綱』を完成させ、単行本として出版した。これは、初の台湾文学史の刊行であった。氏は『笠』の編集にも携わり、九二年に大部の『混声合唱―「笠」詩選』を出版。この間、詩作が減少していったのは、これらの編集・出版事業へ「全霊を打ちこんだ」(著者「あとがき」以下同)ためであろう。

『三重奏』は、一九八七年、戒厳令解除後に書かれた作品を収録する。詩人の基調は不変だが、表題作「三重奏」における「おれ」「おまえ」「かれ」の寓意は明らかであろう。鄭氏は自らの立場をはっきりと「ぼくは独立している」「ぼくは永久に独立している」(「名前」)と訴える。

第六詩集『凝視』の表題作は「凝視」。愛する台湾、しかしそれはきわめて「不確実な空間」でもあるのだ。そこで詩人は「思考」し、確かな「言葉」を「掘り起こし」、そして「言葉」が「朽ち」ても「凝視」し続ける。それは終わりのない営為なのである。

その後、氏の詩作はますます精力的になり、『凝視』の三年後に第七詩集『死の思考』を刊行。「おれの頭はおれのもの」のように抵抗の詩とともに、「死」をテーマにした作品を多く創作しているが、老年期にさしかかった詩人のこれも未知なるものへの「凝視」と「抵抗」と言えるだろう。

第八詩集『存在と凝視』はアンソロジーで、一九七一年『帰途』を出版してから約半世紀にわたる氏の仕事をまとめたものである。『存在と凝視』には「未収録作品」として巻末に「身体検査」が配置されているが、氏の強靭な精神の一端を知ることができるだろう。因みに、本書もこのアンソロジーをもとに鄭氏が編集したもので、巻末には同じく「身体検査」が配置されている。

鄭氏の詩を年代に沿って読み進めていくと、台湾の苦悩、民主化運動の進展と挫折、民主化を達成した一九九〇年代以降のさまざまな苦難が脳裏に蘇ってくる思いがする。鄭氏の盟友の詩人陳明台は次のように述べる。

彼の詩を、感情の歴史とみなすならば、個人的感情と時代状況の記録であり、思想とみなす

ならば、個人的観念と現実に対する思考を内包している。(4)

鄭氏の作品を台湾現代史における「感情の歴史」とする指摘は、その詩に対する最も相応しい評価である。氏自身も「台湾の半世紀にわたる民主化の不幸な歴史と不滅の魂の断面の記録」と述べている。

鄭氏は、自らが確実に掌握した、自らの言葉で、きわめて理知的に多様な事象への思いを表現している。その誠実な思考を支えるのは、その「言葉」である。第二詩集における「言葉よりも恐ろしい武器はない」との宣言の通り、氏は何よりも言葉を重視する。いみじくも、氏は「詩の共鳴は言葉の共鳴であり、意味の共鳴でもある」と述べている。言葉がなければ詩人の思考は成り立たない。まさに言葉の中に鄭氏の思考、抵抗、魂が息づいているのだ。私は、鄭氏の抵抗精神を鄭氏の詩の言葉そのものの中に見る思いがする。言い換えると、鄭氏の精神は、言葉を介して詩の中にのみ存在し、読者に共有される、普遍的で永遠のものなのだ。詩に不案内な私が、蛮勇をふるい、あえて翻訳を試みたのも氏の詩に深く「共鳴」を覚えたからである。

鄭氏は、目下、高雄に「文学台湾館」の開設を計画し、そのために足繁く日本の各地の文学館を訪れている。しかし実現は容易ではないようだ。氏の奮闘はまだまだ続く。

最後に、本書の出版を快く引き受けてくださった集広舎と川端幸夫氏に感謝申し上げます。

毛利一枝氏と黒田潔氏には、秀逸な装丁とイラストによって本書の内容をいっそう引き立ててくださったことに感謝申し上げます。毛利氏には、編集においても的確な指摘をくださったことに、重ねて感謝申し上げます。
澤井鮎子氏には拙訳と原文との対照および校閲をしていただき、有用なアドバイスをいただいたことに感謝申し上げます。

付記　鄭炯明氏の姓の字体は、鄭氏の要望に従い、正字の鄭ではなく、俗字を採用した。

注
(1)「『蕃薯之歌』――台湾詩人的想像与介入」(『猶疑的座標』国立台湾文学館、二〇〇七)
(2) 陳千武氏の以下の著作が日本で刊行されている。
『陳千武詩集』(秋吉久紀夫編訳、土曜美術社、一九九三)
『猟女犯　元台湾特別志願兵の追想』(保坂登志子訳、洛西書院、二〇〇〇)
『暗幕の形象　陳千武詩集』(三木直大編、思潮社、二〇〇六)
『台湾人元日本兵の手記 小説集『生きて帰る』』(丸川哲史訳、明石書店、二〇〇八)
『台湾民間故事』(保坂登志子訳、リーブル出版、二〇一五)
陳千武を論じたものに、秋吉久紀夫『陳千武論』(土曜美術社、一九九七)がある。
(3) 一九七〇年代後半に台湾の民主化運動は先鋭化し、街頭運動が頻繁に起きるようになる。七九年八月に政治家で民主化運動の実力者である黄信介、許信良は雑誌『美麗島』を創刊し、台湾全島の民主化運動人士を組織し、各地で講演会等の活動を繰り広げ始めた。一二月一〇日、国際人権デーの当日、高雄で『美麗島』関係者が未許可で大規模な講演会を行った。夜になって万単位の民衆が、松明を手にデモ行進して官憲と衝突し、大規模な流血騒動となる。事件の後、公安は美麗島の主要人物を拘束しはじめ、一四日には黄信介は起訴されて逮捕され、さらに数十名の関係者も逮捕された。そして美麗島事件の審判が進行中の八〇年二月二八日には、被告の林義雄の母親と双子の息女亮均と亭均が何者かに殺害されるという事件が起きた。審判は四月一八日に結審し、施明徳が無期懲役、黄信介一四年、姚嘉文、張俊宏、林義雄、呂秀蓮、陳菊、林弘宣一二年の懲役刑の判決が下される。こうした一連の事件と裁判は、台湾全島を震撼させたが、その一方で被告の弁論と人権派の弁護士の活躍が注目を集め、民主化運動はより民衆の中に広がっていった。

（4）「基調、転換和日常的超越——閲読鄭烱明詩集『凝視』」（『文学台湾』九四期、二〇一五）

収録作品初出一覧

（　）内は原文タイトル

一　帰途（1971）

子守歌（搖籃曲）　『笠』24期　一九六八年四月

蚊（蚊）　『笠』23期　一九六八年二月

アイロン（熨斗）　『笠』23期　一九六八年二月

物乞い（乞丐）　未詳　一九七〇年

ぼくは思考する鳥である（我是一隻思想的鳥）　『笠』23期　一九六八年二月

黄昏（黄昏）　『笠』24期　一九六八年四月

シャツ（襯衫）　『笠』27期　一九六八年一〇月

5月の匂い（五月的幽香）　『笠』26期　一九六八年八月

誤解（誤會）　『笠』35期　一九七〇年二月

二　悲劇の想像（1976）

言葉よりも恐ろしい武器はない（沒有比語言更厲害的武器）　『笠』37期　一九七〇年六月

絶食（絶食）　『笠』41期　一九七一年二月

犬（狗）　『笠』48期　一九七二年四月

隠れた悲しみ（隠藏的悲哀、原題、獨語」）　『笠』47期　一九七二年二月

悲劇の想像（悲劇的想像）　『笠』45期　一九七一年一〇月

蝉（蟬）　『笠』52期　一九七二年一二月

理解（瞭解）　『笠』65期　一九七五年二月

祈り（祈禱）　『笠』69期　一九七五年八月

狂人（瘋子）　『笠』73期　一九七六年六月

演説者（演說家）　『笠』67期　一九七五年六月

幻影（幻影）　『笠』68期　一九七五年八月

声（聲音）　『笠』73期　一九七六年六月

三　芋の歌（1981）

芋（蕃薯）　『笠』91期　一九七九年六月

帽子（帽子）　『台湾文芸』革新7期　一九七八年一〇月

放生（放生）　『笠』95期　一九八〇年二月

ホトトギスの巣の断想（杜鵑窩的斷想）　『塩』創刊号　一九七九年一〇月
ある人（有一個人）　未詳　一九八〇年
独裁者へ（給獨裁者）　『笠』96期　一九八〇年四月
晴れた空（晴朗的天空）　『笠』101期　一九八一年二月
落とし穴（陷阱）　『笠』99期　一九八〇年一〇月
目撃者（目擊者）　未詳　一九八〇年
ある男の観察（一個男人的觀察）　『笠』102期　一九八一年四月
ある女の告白（一個女人的告白）　『笠』102期　一九八一年四月
暗闇の問答（闇中問答）　『民衆日報』　一九八一年三月一日

四　最後の恋歌（1986）

許しておくれ（請原諒我）　『笠』105期　一九八一年一〇月
選択（抉擇）　『笠』106期　一九八一年一二月
死の招き（死亡的邀請）　『現代文学』復刊15期　一九八一年一〇月
もしも（如果）　『文学界』1集　一九八二年一月
耳を澄まして（傾聽）　『台湾文芸』76期　一九八二年五月

旅（旅程）　『文学界』4集　一九八二年一〇月

どうしても（不能不）　『文学界』6集　一九八三年四月

綱渡り（走索者）　『台湾文芸』90期　一九八四年九月

最後の恋歌（最後的戀歌）　『台湾時報』　一九八三年四月六日

失踪（失蹤）　『笠』111期　一九八二年一〇月

真相（真相）　『現代文学』復刊16期　一九八一年一二月

問い（質問）　『笠』107期　一九八二年二月

王船祭（送王船）　『台湾時報』　一九八二年一一月一二日

童話（童話）　『自立晩報』　一九八五年四月三日

スローガン（口號）　『文学界』14集　一九八五年五月

深い谷（深谷）　『文季』2巻5期　一九八五年六月

五　三重奏（２００８）

蝙蝠（蝙蝠）　『台湾文芸』109期　一九八八年二月

雲に（給雲）　『自立晩報』　一九八八年六月八日

葬送（出葬）　『笠』160期　一九九〇年一二月

人がひしめくこの島で（在這擁擠的島上）　『台湾春秋』23期　一九九〇年九月

異なる空（不一樣天空）　『笠』165期　一九九一年一〇月

閲兵（閲兵）　『自立晩報』　一九九一年一一月九日

雪（雪）　『中国時報』　一九九三年二月一八日

父（父親）　『笠』239期　二〇〇四年二月

三重奏（三重奏）　『文学台湾』53期　二〇〇五年一月

名前（名字）　『文学台湾』64期　二〇〇七年一〇月

六　凝視（２０１５）

凝視（凝視）　『塩分地帯文学』31期　二〇一〇年一二月

不朽の魂（不朽的靈魂）　『新地文学季刊』　二〇〇九年四月

声（聲音）　『塩分地帯文学』21期　二〇〇九年四月

詩人の死（一個詩人的死）　『笠』293期　二〇一三年二月

自分に（寫給自己）　『文学台湾』93期　二〇一五年一月

天空の幕（天空的布幕）　『笠』305期　二〇一五年二月

七　死の思考

無題（無題）　『笠』309期　二〇一五年一〇月
悩み（煩惱）　『笠』310期　二〇一五年一二月
隠喩（隱喻）　『笠』311期　二〇一六年二月
恐れ（恐懼）　『笠』312期　二〇一六年四月
おれの頭はおれのもの（我的頭顱是我的）　『文学台湾』105期　二〇一八年一月
沈黙（沈默）　『文学台湾』106期　二〇一八年四月
死の印（死亡的印記）　『文学台湾』102期　二〇一七年四月
死の余聞（死亡的花絮）　『文学台湾』102期　二〇一七年四月
死の背中（死亡的背影）　『文学台湾』102期　二〇一七年四月
死の列車（死亡的列車）　『笠』323期　二〇一八年二月

八　未収録作品

台湾　ぼくの母（台灣　我的母親）　『笠』325期　二〇一八年六月
終着駅（終站）　『笠』326期　二〇一八年八月

きみのことを想うとき（從前想念你的時候）　『笠』328期　二〇一八年一二月

ぼくの想いは単純なものだ（我的想念是單純的）　『文学台湾』109期　二〇一九年一月

身体検査（身體檢查）　『笠』327期　二〇一八年一〇月

【著者略歴】
鄭烱明（てい・けいめい　Cheng Chiung-Ming）
1948年台湾高雄生まれ。医師（2014年退職）。
主な詩集に『帰途』（笠詩社 1971）、『悲劇の想像（悲劇的想像）』（笠詩刊社 1976）、『芋の歌（蕃薯之歌）』（春暉出版社 1981）、『最後の恋歌（最後的恋歌）』（笠詩刊社 1986）、『三重奏』（春暉出版社 2008）、『凝視』（春暉出版社 2015）、『死の思考（死亡的思考）』（春暉出版社 2018）、『存在と凝視（存在与凝視）』（春暉出版社 2019）がある。

【訳者略歴】

澤井律之（さわい・のりゆき）

1956年大阪府生まれ。神戸大学大学院博士課程修了。

現在、京都光華女子大学教授。

主な訳書に、葉石濤『台湾文学史』（共訳 研文出版 2000）、鍾理和他『客家の女たち』（共訳 国書刊行会 2002）、彭瑞金『台湾新文学運動四〇年』（共訳 東方書店 2005）、鍾肇政『怒濤』（研文出版 2014）がある。

鄭烱明詩集　抵抗の詩学
令和3年(2021年)4月15日　初版

著者……………鄭烱明（Cheng Chiung-Ming）
編訳者…………澤井律之
発行人…………川端幸夫
発行所…………集広舎
〒812-0035　福岡市博多区中呉服町 5-23
電話　092-271-3767　FAX　092-272-2946
印刷・製本……モリモト印刷

ISBN978-4-86735-004-1